Clovis, roi d

MIXTE
Papier issu de sources responsables
FSC® C022030

Loi n° 49-956 du 16 juillet 1949 sur les publications destinées à la jeunesse,
modifiée par la loi n° 2011-525 du 17 mai 2011
ISBN 978-2-09-257245-0
N° d'éditeur : 10227357 – Dépôt légal : février 2017
Achevé d'imprimer en janvier 2017 par La Nouvelle Imprimerie Laballery
(58500 Clamecy, Nièvre, France)
N° d'impression : 612173

petites histoires de l'HISTOIRE

Clovis, roi des Francs

Hélène Montardre

Illustrations de Benjamin Bachelier

Nathan

L'AVENTURE COMMENCE...

QUAND ?

Nous sommes en 481, ou peut-être en 482.

OÙ ?

À Tournai, une ville de l'actuelle Belgique.
À cette époque, Tournai est une cité de la Belgique seconde, une province de l'Empire romain située au nord de la Gaule.

MAIS ENCORE ?

Depuis 395, l'Empire romain est partagé en deux territoires, l'Empire romain d'Occident et l'Empire romain d'Orient, chacun dirigé par un empereur. Mais en 476, les barbares ont chassé l'empereur de l'Empire romain d'Occident et se sont installés dans différentes parties de l'empire, comme en Gaule où ils ont fondé plusieurs royaumes. L'Empire romain d'Orient, lui, existe toujours. Zénon, son empereur, réside à Constantinople. Il est chrétien.

QUI ?

Clovis est un Franc. Il est le fils de Childéric et de son épouse Basine. Les Francs ne sont pas chrétiens, mais ils sont fidèles à l'empereur.

En ce jour de 481 (ou 482), tout bascule : Clovis a quinze ans et son père vient de mourir.

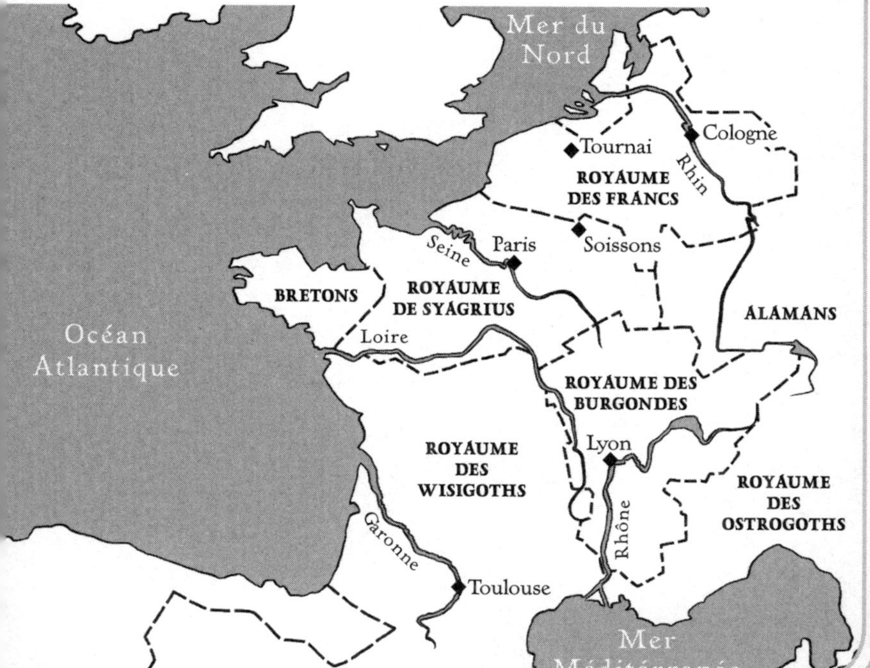

1

Un grand roi et son fils

Clovis lève les yeux vers le ciel. Des masses de nuages l'ont peu à peu envahi. Des nuages comme il en a rarement vu, énormes, moutonneux, blancs, roux, gris, bruns. Ils avancent au-dessus des Francs telle une armée silencieuse et invincible. Viennent-ils rendre hommage à Childéric, son père ? Ou est-ce pour lui qu'ils sont là ? Pour le soutenir, lui prêter assistance, ou l'avertir des dangers qui l'attendent ? Allez savoir… Il est toujours difficile de comprendre les signes que les dieux envoient aux hommes.

À présent, Clovis balaie le paysage du regard. Les murailles qui entourent Tournai se dressent de l'autre côté de l'Escaut, la rivière qui arrose la ville. Sur la route, il y a peu de circulation. Normal. Tout le monde s'est rassemblé sur cette rive car c'est ici que la tombe de Childéric a été creusée, en dehors de la cité, comme le prévoit la loi. Une grande chambre a été aménagée dans le sol. On y a déposé le corps du roi, magnifiquement vêtu. Ses vêtements sont de couleur pourpre. Il porte aussi une cuirasse ornée d'un insigne en or. Une bourse remplie de plus de cent pièces d'or a été placée à ses côtés. Des pièces d'argent ont été ajoutées.

Clovis ne peut détacher son regard de son père. Une dernière fois, il détaille ses longs cheveux bouclés soigneusement peignés, sa lance, son épée, sa hache, autant d'armes que Childéric maniait à la perfection et qui lui ont permis de sortir vainqueur de nombreux combats. Il observe le bracelet d'or qui cercle son poignet, puis la boule de cristal suspendue à son épée, un talisman qui a toujours protégé le roi. D'autres fosses ont été creusées autour de la tombe ; elles accueilleront les corps des dizaines de chevaux qui ont été sacrifiés pour l'accompagner dans l'au-delà.

C'est un grand souverain que l'on est en train d'enterrer, Clovis en est conscient.

Et lui, qui est-il ? Fils de Childéric, tout le

désigne pour devenir roi à son tour. Mais chez les Francs, ce n'est pas si simple… Un fils n'hérite pas forcément de la couronne de son père, et il n'a que quinze ans. S'il veut être roi, il doit être reconnu par les siens, c'est-à-dire par les soldats qui ont accompagné Childéric durant ces dernières années.

Au bord de la tombe, Clovis se tait.

Autour de lui, la foule est également silencieuse. Les hommes sont venus en nombre et Clovis sait qu'ils l'observent. Il sait qu'à ce moment précis son avenir se joue. Pour l'instant, il n'est rien. Il peut rester ce « rien » et sombrer dans l'oubli. Il peut aussi annoncer sa volonté de prendre la succession de son père. Mais quelle que soit sa décision, il doit l'exprimer maintenant.

Clovis lève à nouveau la tête vers le ciel. Un rayon de soleil perce les nuages pour se poser juste sur la boule de cristal de l'épée de son père, illuminant l'intérieur de la tombe et les trésors qui vont y être enfouis. Un fourmillement monte dans les jambes du jeune homme, puis dans ses cuisses et son dos avant de gagner son crâne. Il se sent grandi tout à coup, et les pensées fusent à toute allure dans sa tête.

Pour commander les Francs, il faut être un guerrier. Or, guerrier, il l'est déjà. L'armure, le casque et les armes qu'il porte en témoignent. Ses longs cheveux blonds, semblables à ceux de son père, aussi. Car dans la tradition franque, les cheveux longs sont réservés aux guerriers. Son expérience ? Il en a. Voilà des années qu'il suit son père sur les champs de bataille. Il a été confronté au sang, à la douleur, à la mort. Il est jeune ? Et alors ! C'est à lui de s'imposer.

Et c'est ce qu'il va faire.

Il se redresse de toute sa taille. Son regard se détache du corps de son père pour planer sur ceux qui l'entourent. Il lance d'une voix ferme :

– Soldats ! Childéric, notre roi, n'est plus. Il vous a conduits au combat et à la victoire. Partout son nom est reconnu et, grâce à lui, les Francs sont craints et respectés. Avec moi, vous irez plus loin encore, et tous se souviendront de vous. Soldats, moi, Clovis, fils de Childéric et de Basine, je suis votre nouveau roi !

Clovis avance vers les hommes en armes. Peu à peu, ceux-ci s'écartent pour le laisser passer. Au début, le silence le plus complet l'accompagne ; seul le bruit de ses pas résonne sur le sol.

Puis un soldat commence à frapper son bouclier du pommeau de son épée. Un deuxième l'imite, un troisième, un quatrième... L'air s'emplit de ce vacarme qui s'amplifie au fur et à mesure que le jeune homme avance.

Soudain, quatre hommes se présentent devant lui, portant un large bouclier qu'ils posent à terre. Clovis sait ce que cela signifie. Il met fièrement un pied puis l'autre sur le bouclier que les soldats soulèvent, promenant Clovis en triomphe sous les acclamations de la foule.

– Vive les Francs !

– Vive Clovis !

– Vive le roi !

Le jeune homme écoute ces cris qui se répercutent à n'en plus finir. On doit les entendre jusque dans Tournai, et il est certain que les habitants de la ville les reprennent.

– Vive les Francs !

– Vive Clovis !

– Vive le roi !

Cette fois, c'est fait, le voilà roi de son clan. Et personne ne contestera son titre car il a été choisi par son armée.

2

La lettre de l'évêque Remi

Pour la troisième fois, Clovis relit la lettre qu'il vient de recevoir. Elle provient de l'évêque Remi. Et un évêque est un personnage important et influent : il dirige la pensée religieuse des chrétiens de son territoire.

La lettre de Remi est une lettre de félicitation. L'évêque profite aussi de ce courrier pour faire ses recommandations au jeune roi :

« *Fais en sorte que le jugement de Dieu ne t'abandonne point.* »

« *Entoure-toi de bons conseillers.* »

« *Prends toujours l'avis des évêques. Si tu t'entends bien avec eux, ta province en sera plus solide !* »

« *Gouverne avec justice et protège ceux qui ont besoin d'être protégés…* »

Auprès de Clovis, son conseiller respecte son silence.

Quand le jeune roi commence à ranger la lettre dans un coffret, il se décide à prendre la parole.

– Remi est quelqu'un de très important, dit-il.

– Je sais, marmonne Clovis.

– Il est évêque de Reims, insiste le conseiller. Il est aussi archevêque de la Belgique seconde, ce qui fait de lui le chef de tous les évêques de la province...

– Je sais ! répète Clovis.

– Tu sais aussi que de nombreux habitants de cette province sont chrétiens... poursuit le conseiller. Ils écoutent et respectent la parole des évêques, et celle de Remi en particulier.

– Je sais, murmure Clovis pour la troisième fois.

Lui n'est pas chrétien. Il ne croit pas en ce dieu unique adopté par l'Empire romain et par de nombreux habitants de l'empire. Il adore plusieurs dieux, en particulier Wotan, le dieu de la Guerre, qui apporte la victoire sur le champ de bataille. Mais s'il veut conserver la confiance de l'empereur Zénon et obtenir celle des chrétiens qui vivent sur son territoire, il doit tenir compte de leurs croyances.

Le jeune roi pousse un long soupir.

– Mon père et mon grand-père avant lui ont toujours été fidèles à l'empereur, commence-t-il. Ils ont combattu pour lui dans l'armée romaine.

– C'est vrai ! confirme le conseiller. Et tu dois faire de même.

– Bien sûr. J'ai la confiance de mon peuple. Mais pour plaire à Zénon et satisfaire les chrétiens, je dois entretenir de bonnes relations avec les évêques et les prêtres.

– C'est exactement ça ! s'exclame le conseiller.

– Eh bien... Ce n'est pas si compliqué, conclut Clovis d'un air songeur. Je vais répondre à Remi et je vais aussi envoyer un courrier à l'empereur Zénon, à Constantinople.

Il a un petit rire.

– J'ai déjà le soutien de mes soldats. J'aurai aussi celui de l'empereur et des chrétiens. Et je serai reconnu par les autres chefs barbares ! Que souhaiter de plus ?

3

Souviens-toi du vase de Soissons !

– Syagrius ! s'exclame Clovis. Que s'imagine-t-il ? Sans doute que je vais le laisser, lui ou ses amis, grignoter mon royaume ? Il me prend pour un petit roi sans forces ni ambition, voilà la vérité !

Clovis est furieux, et son entourage n'ose pas intervenir. En cinq ans, le roi a imposé son autorité, et tous, ses soldats comme ses conseillers, ont appris à le respecter.

D'ailleurs, la fureur de Clovis est justifiée.

Le Romain Syagrius règne sur le royaume voisin de celui des Francs, situé sur sa frontière sud. Ce royaume compte de grandes et belles villes, comme Soissons ou Paris, et Syagrius est un roi puissant et ambitieux. Si ambitieux qu'il n'hésite pas à envoyer ses guerriers faire des incursions chez les Francs, ce que Clovis n'apprécie pas du tout.

– Expédiez un messager à Cambrai, ordonne le jeune roi. Qu'il dise à mon parent et allié, Ragnacaire, que l'heure est venue. Dès qu'il m'aura rejoint avec ses troupes, nous marcherons contre Syagrius. Comme si j'allais rester ici, les bras croisés, à attendre… Nous allons envahir le royaume de Syagrius !

Le messager parti, Clovis en envoie un second à Chararic, un chef de clan franc qui vit plus au nord. Mieux vaut prévoir un allié supplémentaire, même si le jeune roi n'est pas vraiment certain que Chararic sera d'une grande aide.

Quand, quelques jours plus tard, les combats s'engagent, les guerriers de Clovis fondent à la vitesse du vent sur ceux de Syagrius. En plusieurs batailles, ils les repoussent, et Syagrius lui-même s'enfuit ! Il se réfugie chez Alaric II, à Toulouse, la capitale du royaume des Wisigoths. Clovis est le grand vainqueur.

Et Chararic ? Clovis avait raison de ne pas compter sur lui ! Car Chararic a prudemment gardé ses guerriers à l'écart, préférant observer ce qui se passait et voir à qui la victoire irait.

Depuis le sommet d'une colline, Clovis contemple le paysage qui s'étend devant lui. Tout près, une église s'est effondrée et ses ruines fument encore.

En s'emparant des terres de Syagrius, Clovis a doublé la surface de son royaume. Mais il y a beaucoup à reconstruire. Les récoltes ont été ravagées, des villes et des villages brûlés, des édifices religieux pillés et dévastés.

– L'évêque Remi ne va pas être content... murmure Clovis.

Il a raison. Ni les chrétiens ni les prêtres n'approuvent le pillage des églises ! Il tire sur la bride de son cheval pour lui faire faire demi-tour et achève :

– Quand il y a une guerre, il est difficile d'agir autrement.

Quelque temps plus tard, les troupes de Clovis entrent dans Reims, la ville de Remi.

La cathédrale regorge de richesses. Impossible d'arrêter les soldats ! Ils pénètrent dans le monument, courent partout, fouillent dans tous les coins. Il y a là de nombreux objets de valeur qui sont utilisés pour dire la messe. Pour les guerriers de Clovis, ils ne signifient rien, et d'après les lois de la guerre, ils ont droit à ce butin. Alors, ils entassent leurs trouvailles sur des chariots avec des cris de joie.

Remi assiste, impuissant, au pillage de son église. Clovis est là aussi, et Remi va le trouver.

– Je sais que tu ne peux empêcher ce qui est en train de se passer, dit-il. Tes soldats ne sont pas chrétiens. Ce sont des païens et ils n'ont aucun respect. Mais j'ai une faveur à te demander.

L'évêque tend le bras et désigne un magnifique objet que deux soldats emportent.

– Tu vois ce vase en argent ? Il est particulièrement sacré. Lui, au moins, laisse-le-moi.

Clovis a un geste d'impuissance.

– Si cela ne tenait qu'à moi, je serais heureux d'accéder à ta demande. Hélas, c'est impossible ! Les règles de la guerre sont impitoyables : les vainqueurs pillent comme ils l'entendent.

– Je suis un homme d'Église, fait observer Remi. Je ne suis pas en guerre contre toi.

– Toi, non, réplique Clovis. Mais Syagrius, si. Et Reims fait partie de son royaume.

Le regard de Remi s'assombrit. Clovis réfléchit à toute allure. Il a de bons rapports avec les chrétiens et le clergé, et cela tient au fait qu'il respecte leurs croyances, les prêtres et les églises. En retour, il a le soutien de Remi. Or, Clovis n'a pas envie que l'évêque lui retire ce soutien...

– Écoute, reprend-il soudain. Pour le moment, je ne peux rien faire. Mais nous avons une règle en ce qui concerne le butin qui provient du pillage. Tous les objets sont mis en commun, puis répartis par lots. Ensuite, les lots sont tirés au sort. Avec un peu de chance, je recevrai celui où se trouve ce vase. Si c'est le cas, je m'engage à te le rendre, sans aucune contrepartie, naturellement. Envoie un représentant à Soissons. C'est là qu'aura lieu le partage. Si j'obtiens ce vase, je le lui remettrai aussitôt.

Jamais la ville de Soissons n'a connu une telle foule. L'armée de Clovis s'y est rassemblée. Les cris et les chants de victoire fusent et se répandent d'un bout à l'autre de la cité. Les soldats ont toutes les raisons de se réjouir. Non seulement ils sont vainqueurs, mais en plus, ils ont raflé un immense butin. Et comme le veut l'usage, une partie de ce butin va leur être distribuée.

– Regarde ! lance l'un d'eux en poussant son voisin du coude.

Une file de chariots tirés par des bœufs avance sur les pavés. Chacun déborde de richesses : des tissus, des armes, de la vaisselle, des vases, de la nourriture, des tonneaux... Les yeux des hommes brillent. Vivement le partage !

Celui-ci a lieu le lendemain.

Sur le vaste champ de foire de la ville, les soldats sont réunis. Comme l'a annoncé Clovis à Remi, le butin a été réparti en plusieurs lots. Le vase si cher à l'évêque figure dans l'un d'eux. Clovis souhaite ardemment que ce lot lui revienne, cela faciliterait grandement ses relations avec Remi.

Mais si le sort lui était contraire ? Plus il y réfléchit, plus il réalise qu'il ne peut pas prendre ce risque. Alors que le tirage au sort va commencer, le jeune roi s'avance.

– J'ai une requête à présenter ! lance-t-il à l'adresse de ses soldats.

Le silence se fait d'un coup. Tous sont à l'écoute des paroles du roi.

Clovis désigne le vase.

– Vous voyez cet objet ? Il provient de la cathédrale de Reims. Je vous demande à tous une faveur. J'aimerais qu'il soit placé hors du partage et qu'il me revienne.

Les guerriers n'hésitent pas. Ils n'ont rien à refuser au roi qui les a conduits à la victoire. D'autant que le butin est important et que, avec ou sans ce vase, chacun recevra une belle part. Des cris d'approbation éclatent. Clovis se voit déjà en train de remettre le vase à Remi lorsqu'un homme s'avance et dit :

– Je ne suis pas d'accord !

Puis l'homme soulève haut sa hache et frappe vigoureusement le vase en clamant :

– Tu n'auras rien ici que ce que le sort t'attribuera vraiment !

Le fer de la hache résonne sur le métal : « Dooong ! »

Le bruit vrille les oreilles de Clovis tandis que son visage brûle de fureur. Sa tentative est ratée ! Car le refus d'un seul suffit pour que l'objet convoité retourne dans le bien commun.

Malgré sa colère, le jeune roi s'incline et, les lèvres serrées, le regard froid, il assiste au tirage au sort. Quand vient le tour du lot où se trouve le vase, son cœur bat à toute allure, mais rien dans son expression ne laisse paraître

ses émotions. Puis le verdict tombe : le sort lui attribue le lot ! Le vase est à lui. Il le fait aussitôt porter au représentant de l'évêque qui le lui remettra en mains propres.

Il regarde longuement le soldat qui a osé le braver. Celui-ci se détourne en ricanant. Mais Clovis n'oubliera pas le visage de cet homme.

Quelques mois plus tard, le jeune roi réunit ses guerriers. Ses ordres sont clairs : il passera l'inspection et tout, que ce soit les tenues ou les armes, doit être impeccable.

Les guerriers connaissent leur roi, il est exigeant. Alors, quand ils s'alignent les uns à côté des autres, bien droits, la tête levée, ils n'ont rien laissé au hasard. Leurs vêtements sont propres, leur équipement est au complet et leurs armes brillent sous le soleil.

Clovis commence son inspection. Il est fier de ses hommes. Fier aussi de la confiance qu'ils lui accordent. Il sait qu'il peut compter sur cette armée, elle le suivra partout où il décidera d'aller. Il passe de l'un à l'autre et s'arrête soudain. La lance de celui-ci est tachée, et son épée et sa hache ne brillent pas comme celles de ses camarades. Il lève les yeux vers l'homme et leurs regards se croisent. Un grand froid envahit Clovis. Ce guerrier dont l'équipement est sale, c'est celui du vase de Soissons ! La colère s'empare du jeune roi, mais il n'en laisse rien paraître. Il se contente de dire d'une voix glaciale :

– Soldat, tu négliges ton équipement. Je ne peux tolérer cela dans mon armée.

D'un geste vif, il arrache la hache de la ceinture du soldat et la jette au sol. Puis, alors que l'homme se baisse pour ramasser son arme, Clovis saisit sa propre hache et le frappe à la tête en clamant :

– Ainsi as-tu fait à Soissons, avec le vase !

Le soldat s'écroule, mort.

Dans les rangs, personne ne bouge. Les lois des Francs sont claires : le chef de guerre a droit de vie et de mort sur ses hommes. Si ce guerrier a commis une faute, le roi a le droit de le punir, et il a le choix de la punition, même si celle-ci est terrible.

Clovis tourne les talons en ordonnant :

– Laissez son corps ici. Que personne n'y touche, il servira d'exemple.

Les soldats sont figés de terreur. Désormais,

jamais personne ne désobéira à Clovis. Désormais, jamais personne, parmi les siens, n'osera le défier.

4

Une ville et une épouse

– Paris…

Clovis murmure ce nom d'un air rêveur.

Paris fait partie du territoire conquis sur Syagrius, mais la ville ne s'est jamais vraiment soumise à son autorité.

– Geneviève… murmure encore Clovis.

Geneviève est la femme qui dirige Paris. C'est une fervente chrétienne qui n'a jamais voulu choisir entre Syagrius et Childéric, le père de Clovis. Pourtant, ce dernier a assiégé la cité durant de nombreuses années ! Les Parisiens, enfermés derrière leurs murs, ont souffert de la faim, des privations, de la peur, mais, sous la conduite de Geneviève, ils ont tenu bon.

« À présent que Syagrius n'est plus là, Geneviève

m'ouvrira-t-elle les portes de Paris ?» s'interroge Clovis.

– Le plus simple serait de le lui demander, suggère l'un de ses conseillers.

Et pourquoi pas…

Childéric a toujours eu de bonnes relations avec Geneviève. Certes, il a assiégé sa ville. Mais il a respecté ses croyances, il l'a reçue selon son rang et écoutée avec bienveillance. Même s'ils n'ont pas toujours été d'accord, ils ne se sont jamais fâchés. Syagrius disparu, Geneviève n'a plus à choisir entre lui et le roi des Francs, et donc plus de raison de s'opposer à la venue de Clovis. Elle devrait même plutôt lui faire bon accueil.

Et c'est le cas.

Lorsque Clovis se présente à l'entrée de Paris, les portes de la ville sont ouvertes. Le roi est traité avec tous les honneurs voulus. Certains Parisiens, en revanche, ne voient pas forcément d'un bon œil l'arrivée de ces redoutables guerriers aux longs cheveux blonds dans leur ville. Ils craignent les violences et les pillages, et Geneviève en est consciente. Alors elle présente une requête à Clovis.

– Mon peuple et moi sommes en guerre depuis

longtemps, dit-elle. Nous avons subi de nombreux malheurs, il est temps que cela cesse…

Clovis est persuadé qu'elle fait allusion aux criminels qui s'entassent dans les prisons de la ville. Aussi l'interrompt-il pour assurer :

– J'ai déjà donné l'ordre d'exécuter tous les criminels emprisonnés. Quant à leurs familles, elles seront envoyées en esclavage. S'il y en a d'autres qui méritent ce traitement, désigne-les-moi, je m'en occuperai.

– Non, justement, réplique Geneviève. Je voulais te dire qu'il y a eu assez de morts et de familles déchirées. La haine entretient la haine, et nous devons arrêter cela. Je te demande de revenir sur tes ordres, de gracier les criminels condamnés et leur famille, et de ne pas inquiéter les autres.

Clovis réfléchit. Ce que souhaite Geneviève est contraire aux règles de la guerre. Et après tout, même si elle lui a ouvert les portes de la ville, c'est lui, le vainqueur ! Et à ce titre, il peut prendre les décisions qu'il veut. Il ouvre la bouche, et la referme sans proférer un son. Car une autre pensée lui vient. Geneviève est une chrétienne renommée. Elle est respectée par le peuple, par l'évêque Remi, par l'ensemble des évêques, par les prêtres... S'il s'oppose à elle, il se fera détester de beaucoup de monde. Or, s'il veut gouverner son nouveau royaume sans trop de difficulté, il doit être accepté par ses habitants. Il mûrit longuement ses paroles avant d'accorder :

– En ce qui concerne ces criminels, je vais suivre ton avis.

Plus tard, Clovis réalise à quel point il a eu raison de prendre cette décision. L'ordre et le calme règnent non seulement à Paris, mais dans tout le territoire conquis et dans son propre royaume. Petit à petit, tous s'unissent autour de lui.

Avec les terres de Syagrius, Clovis a récupéré des armes, des forteresses, des troupes, et il a ainsi augmenté sa puissance. Mais les villes riches et commerçantes de son royaume font très envie à ses voisins. Alors Clovis est partout pour défendre son territoire.

Au nord et à l'est, il réussit à repousser ceux qui l'attaquent. Au sud, c'est plus compliqué : l'ancien royaume de Syagrius fait frontière avec deux puissants voisins. D'un côté, le royaume des Wisigoths dont la capitale est Toulouse ; et de l'autre, le royaume des Burgondes, dont la capitale est Lyon. Inutile d'essayer de combattre ces derniers : malgré tout le courage de ses guerriers, Clovis ne remportera pas la victoire. Mieux vaut choisir une autre solution.

Justement, son conseiller en a une. Il la suggère à Clovis :

– Prends une épouse.

– J'ai déjà eu une épouse, rappelle Clovis. Elle m'a même donné un fils, Thierry.

En effet, voici des années, pour maintenir la paix avec ses voisins du Nord, Clovis avait épousé la fille d'une famille royale alliée.

– Eh bien, réplique son conseiller, il est temps d'en prendre une autre !

Clovis s'apprête à répondre vertement, mais il se retient.

« Il est temps d'en prendre une autre... » a précisé son conseiller. Et s'il avait raison ? Car ce nouveau mariage avec Clotilde, cette femme dont on lui a parlé, serait une excellente affaire. Clotilde appartient en effet à la famille royale burgonde. Et puis, alors que tous les siens sont païens, elle est chrétienne. Voilà qui plairait à une bonne partie de ses sujets et à l'évêque Remi !

– Je vais réfléchir, marmonne-t-il.

C'est tout réfléchi. Peu après, il ordonne :

– Envoie des ambassadeurs à la cour burgonde. Je veux savoir à quoi cette Clotilde ressemble.

– Hum... toussote le conseiller. Justement, deux de vos ambassadeurs nous ont fait parvenir un message à ce sujet. Ils ont trouvé la jeune Clotilde sage et élégante. Ses origines sont parfaites. Dans sa famille, on règne depuis plusieurs générations.

Clovis garde le silence. Une héritière aux origines irréprochables, c'est exactement ce qu'il lui faut, à lui qui n'est, après tout, qu'un petit roi franc dont on connaît mal les ancêtres. Ce mariage pourrait faire de lui un personnage aussi important que le roi des Burgondes lui-même. Et si en plus elle est sage et jolie... Alors Clovis n'hésite plus.

– Fais dire à nos ambassadeurs que je veux qu'ils demandent la main de Clotilde pour moi.

Clovis n'a pas longtemps à attendre. Sa demande est acceptée. Le convoi qui doit lui amener Clotilde est aussitôt organisé.

Le roi des Francs est impatient de rencontrer

celle qu'il a choisie. Elle arrive enfin, accompagnée d'une suite imposante qui témoigne de son rang. Clovis retient son souffle tandis que la jeune fille se prépare à venir à sa rencontre. Jamais son cœur n'a battu aussi vite dans sa poitrine. Il essaie pourtant de se raisonner : elle n'est qu'une étrangère ! Et s'il l'épouse, c'est uniquement pour assurer la sécurité de ses frontières et asseoir son autorité.

Puis Clotilde paraît devant lui, et tous ses raisonnements s'écroulent.

La jeune fille a beaucoup de charme. Elle pose sur lui un regard vif, curieux, intelligent, et Clovis est ravi de lire dans ses yeux qu'il lui plaît tout autant. Il en éprouve une immense satisfaction. Il est en effet déjà amoureux fou de cette femme qu'il devine solide, volontaire et fidèle.

Le mariage a lieu peu après. Clotilde est chrétienne, Clovis ne l'est pas, qu'importe ! La foi de son épouse rend le mariage valable aux yeux de tous les chrétiens, et le couple est acclamé par la foule.

Dans les jours qui suivent, le roi reçoit des lettres de félicitation de la part des évêques.

– Ton calcul était bon, Clovis, lui fait

remarquer son conseiller quelque temps plus tard.

– C'est vrai, réplique Clovis. Mais en me mariant avec Clotilde, j'ai gagné beaucoup plus que l'estime des chrétiens car jamais je n'aurais pu trouver une meilleure épouse.

5

DES ENFANTS ET DES BAPTÊMES

– C'est un fils ! C'est un fils !

Clovis se précipite. La reine Clotilde vient de donner naissance à leur premier enfant, et c'est un garçon. Il l'imagine déjà, les cheveux au vent, chevauchant et guerroyant à ses côtés.

Il est déçu. Le bébé est minuscule et il semble si faible…

Sans demander l'avis de son mari, Clotilde fait préparer l'église. Pour le baptême de son enfant, elle la veut magnifique. Des tentures et des voilages sont accrochés aux murs, des fleurs sont apportées en masse.

Le jour de la cérémonie, la foule se presse pour admirer tant de splendeur. Jamais on n'a vu un aussi beau baptême. L'enfant reçoit le nom d'Ingomer.

Clovis, lui, ne semble pas impressionné. Il respecte la foi de sa femme et lui laisse une entière liberté religieuse. De son côté, cependant, il continue à adorer les dieux de ses ancêtres.

Mais à peine baptisé, Ingomer meurt. Clovis est furieux. Il a laissé Clotilde décider de la religion de leur fils, et voilà le résultat !

– Si l'enfant avait été consacré au nom de mes dieux, il vivrait encore ! clame-t-il. Mais comme il a été baptisé au nom de ton dieu, il n'a pu vivre !

Malgré son chagrin, Clotilde lui répond :

– Je remercie Dieu d'accueillir celui que j'ai conçu. Baptisé, il vivra à ses côtés.

Clovis tourne les talons, fou de rage. Il a parfois du mal à comprendre la religion de son épouse !

Deux ans plus tard, un nouvel enfant s'annonce. C'est encore un garçon ! Là non plus, Clotilde ne demande pas son avis à Clovis. Seule, elle décide de faire baptiser leur fils qui s'appellera Clodomir.

Clovis est amer.

– Il ne peut lui arriver autre chose que ce qui est survenu à son frère, lui dit-il. Baptisé au nom de ton Christ, il mourra aussitôt !

L'avenir lui donne tort. Clodomir tombe en effet malade, mais il guérit. Et d'autres naissances suivent : Childebert en 497, Clotaire en 498, Clotilde en 500, et tous survivent. Les arguments de Clovis contre le dieu de son épouse tombent peu à peu.

Quand il est chez lui, auprès de son épouse et de ses enfants, Clovis écoute de plus en plus volontiers Clotilde lui parler du dieu des chrétiens. Il discute aussi souvent avec les évêques qui lui donnent des conseils sur la manière de traiter et de gouverner ses sujets. Il observe les chrétiens de son royaume et réalise à quel point leur foi les aide à vivre dans cette époque toujours troublée par les attaques des uns ou des autres.

Et puis, Clotilde a une alliée pour convaincre son mari de venir à son tour à la foi chrétienne. Il s'agit de Geneviève qui gouverne toujours Paris et pour qui Clovis a le plus grand respect.

Il apprécie ses conseils, et surtout son soutien ! Car Geneviève, très influente, défend le roi des Francs auprès des chrétiens.

Durant toutes ces années, Clovis est souvent sur les champs de bataille. Il doit protéger ses frontières. Et puis, si l'occasion se présente, il agrandit son territoire. Quand il s'engage dans un nouveau combat, il invoque toujours Wotan, le dieu de la Guerre. Mais il se surprend aussi à songer au Christ. Il s'interroge : lequel, de Wotan ou du Christ, est le mieux à même de donner la victoire ? D'accorder le pouvoir ?

La question est d'importance. Car au nord-est de son royaume, des envahisseurs, les Alamans, menacent Sigebert, son allié. Et si Sigebert est vaincu, c'est son propre territoire qui sera attaqué ! Sans perdre un instant, Clovis vole au secours de Sigebert. Quand il arrive, la situation est désespérée. Les Alamans ont battu les troupes de Sigebert et ils continuent à avancer. Clovis lance ses guerriers dans la bataille. Les lances fusent depuis les deux camps et, de chaque côté, des hommes s'écroulent sur le sol. Alors, poussant de terribles hurlements, les soldats se jettent les uns contre les autres, les armes à la main.

Sur son grand cheval blanc, Clovis brandit son épée et encourage ses troupes. Il est le seul à être à cheval. Ainsi, ses hommes le repèrent facilement et cela leur donne du courage. Mais l'ennemi aussi le repère facilement ! Cela n'effraie pas Clovis. Il s'est mis sous la protection de Wotan.

La bataille s'engage mal cependant. Les guerriers de Clovis tombent sous les coups des Alamans. C'est alors que le roi des Francs se surprend une fois de plus à penser au dieu de son épouse. Et si c'était lui qui devait le mener à la victoire ? Aussitôt, un serment naît sur ses lèvres :

– Ô Jésus-Christ, toi qui, dit-on, donnes du secours à ceux qui sont en danger et accordes la victoire à ceux qui espèrent en toi, je sollicite la gloire de ton assistance. Si tu m'accordes la victoire sur mes ennemis, et si je fais l'expérience de cette puissance dont le peuple voué à ton nom déclare avoir reçu tant de preuves, je croirai en toi et je me ferai baptiser en ton nom.

À peine Clovis a-t-il prononcé son serment

qu'une hache fend l'air à toute allure pour venir se ficher dans le poitrail du cheval du roi des Alamans. Le cheval s'écroule, entraînant le roi dans la mort. Aussitôt, les Alamans cessent le combat et se rendent à Clovis.

Sur le chemin du retour, Clovis est songeur. Le dieu de son épouse a répondu à sa demande. Et lui-même a promis de se faire baptiser ! Mais qui lui dit qu'il pourra compter sur ce dieu à chaque bataille ? Jésus-Christ peut-il vraiment remplacer Wotan ? Et ses guerriers l'accepteront-ils ?

C'est l'esprit plein de doutes et de questions qu'il retrouve sa femme. Il lui raconte ce qui s'est passé, comment cette bataille qu'il croyait perdue a soudain tourné à son avantage. Clotilde écrit alors à Remi pour lui demander conseil. Dès la réception de cette lettre, l'évêque invite Clovis à venir le rencontrer, et quand il le reçoit, il énonce les choses clairement :

– Le baptême est un engagement qui demande une longue préparation. Je peux t'enseigner et t'expliquer les textes sacrés, mais cela prendra du temps.

– Beaucoup de temps ? interroge Clovis.

– Beaucoup de temps, répond Remi. Nous devons tous deux être sûrs de ta foi. Veux-tu que nous commencions ?

– Oui, répond Clovis après un instant d'hésitation. Mais cet enseignement devra avoir lieu dans le plus grand secret. Je ne veux pas que mes guerriers soient au courant. Mon peuple pourrait ne pas comprendre mon choix et ne plus vouloir de moi comme roi.

– C'est d'accord, répond Remi. Nous serons discrets.

Reims, 25 décembre.

Ce jour est un grand jour : le roi Clovis va recevoir le baptême ! Ce n'est plus un secret pour personne. Clovis l'a annoncé lui-même aux Francs qui se sont écriés :

– Nous rejetons les dieux mortels et nous sommes prêts à obéir au Dieu immortel que prêche Remi !

D'ailleurs, trois mille soldats francs vont se faire baptiser en même temps que Clovis. Bien sûr, c'est l'évêque Remi lui-même qui baptisera le roi.

La ville est magnifique. Les places sont décorées

avec des tentures colorées ; des tapisseries ornent l'intérieur des églises ; le baptistère, l'édifice où aura lieu le baptême, est prêt. Il est illuminé avec des cierges parfumés, et son bassin est rempli de l'eau sacrée.

Tous ceux qui sont là regardent le roi qui s'avance.

Clovis marche vers Remi, s'arrête devant l'évêque et lui demande humblement le baptême. Deux valets lui ôtent un à un ses vêtements. Voilà le roi nu devant l'évêque. Il a même retiré les colliers et les bracelets que les Francs affectionnent. Puis il descend solennellement dans le bassin. Il s'enfonce dans l'eau sacrée à trois reprises tandis que Remi pose sa main sur sa tête. Les paroles de l'évêque et du roi résonnent dans le silence. Clovis affirme qu'il croit au Père, au Fils et à l'Esprit. Remi conclut :

– Je te baptise au nom du Père, du Fils et du Saint-Esprit.

L'évêque verse ensuite sur Clovis un peu d'huile consacrée, puis le roi sort du bassin et ses valets s'approchent pour lui passer une robe blanche. Clovis recule, la tête penchée, plein de recueillement. Il va rejoindre l'église, se mêler

aux autres croyants et prier. Il laisse la place à sa sœur Alboflède, et aux guerriers qui ont fait le même choix que lui.

Clotilde, Geneviève, les évêques, les prêtres, tous ceux qui ont côtoyé le roi durant ses années de doute sont satisfaits.

6

QUI ARRÊTERA LE ROI DES FRANCS ?

Ce matin-là, le visage de Clotilde est grave. Elle vient de recevoir un courrier, et Clovis ne s'y trompe pas, la nouvelle qu'il a apportée bouleverse la reine.

Clotilde n'attend pas sa question.

– Dieu a rappelé Geneviève à lui, lui dit-elle.

Il faut quelques secondes à Clovis pour réaliser ce que ces paroles signifient.

– Geneviève est morte, murmure-t-il.

Puis il reste silencieux. Avec Geneviève, il perd une alliée précieuse qui l'a beaucoup soutenu. Il sait en effet que son royaume est encore bien petit et cerné par ceux des Wisigoths, des Burgondes, des Ostrogoths, autant de territoires qu'il aimerait envahir car il est sûr de pouvoir compter sur le soutien de leurs populations chrétiennes. Mais sans Geneviève, ce sera plus difficile. Et il n'a pas besoin de difficultés supplémentaires ! Car depuis son baptême, il a subi plusieurs défaites.

Quelque temps plus tard cependant, la chance tourne. De nouvelles troupes viennent se placer sous l'autorité de Clovis. Petit à petit, les rois barbares commencent à le craindre. Ils ont raison. Car en 507, le roi des Francs occupe la ville de Tours, qui est sous le contrôle des Wisigoths !

Aussitôt, Clovis donne des ordres très clairs à ses hommes :

– Par respect pour saint Martin qui fut évêque de Tours, nous ne pillerons pas cette cité ni son territoire. J'interdis à quiconque de prendre quoi que ce soit à ses habitants, à part l'eau et l'herbe nécessaires aux chevaux.

– Mais… Et nous, comment allons-nous nous nourrir ? interroge l'un de ses guerriers.

– Je ferai le nécessaire, réplique Clovis.

Quelques jours plus tard, le roi des Francs est furieux. L'un de ses soldats a osé lui désobéir !

– Qu'on m'amène cet homme ! tonne-t-il.

Comment espérer la victoire si nous offensons saint Martin ?

Le soldat est jeté aux pieds de Clovis qui prononce la sentence :

– Pour ta faute et ta désobéissance, tu seras exécuté.

Et les Wisigoths, que font-ils pendant ce temps ? Eh bien, ils sont très occupés à se battre ailleurs. Mais ils ne peuvent tolérer que Clovis s'installe dans une de leurs cités ! L'un d'eux, Alaric II, est chargé de chasser le roi des Francs de la ville de Tours.

Bientôt, les soldats d'Alaric prennent position tout près de la cité. Clovis est prêt. Ses guerriers lui obéiront quoi qu'il arrive, et il dispose d'une cavalerie puissante qui vaut bien celle des Wisigoths.

Été 507.

Après quelques accrochages, les deux armées se retrouvent face à face, à Vouillé, non loin de Poitiers. Comme à son habitude, Clovis caracole sur son cheval. Ses soldats sont prêts, il le sait, ils n'attendent plus que son signal. Il balaie l'horizon du regard. Celui-ci est étincelant de lumière. Ce sont les casques et les lances de ses ennemis qui brillent au soleil. Un sourire étire les lèvres de Clovis. Il n'a pas peur. Il se redresse de toute sa taille et crie :

– À l'attaque !

Alaric a dû prendre la même décision, car les deux cavaleries s'élancent exactement au même moment. Le sol tremble sous le martèlement des sabots des chevaux, l'air résonne des hurlements des soldats qui les encouragent à galoper encore plus vite.

Et puis c'est le choc.

Les épées tintent, les casques volent, les têtes aussi, les chevaux s'écroulent. Les soldats survivants se relèvent et continuent à combattre à pied.

– À vous, les fantassins ! ordonne Clovis.

Les guerriers à pied, restés en retrait, se précipitent, venant prêter main-forte aux cavaliers. Dans le camp d'Alaric, rien ne va plus. Les Wisigoths battent en retraite ! Les guerriers de Clovis prennent l'avantage, pourchassant l'ennemi.

Clovis lance son cheval au galop. Il vient d'apercevoir son adversaire, à cheval lui aussi.

– Plus vite ! murmure-t-il à l'oreille de sa monture. Plus vite !

Le cheval redouble de vitesse.

Voilà Clovis à la hauteur d'Alaric. Il brandit son épée et l'abat sur la tête de son ennemi. Celui-ci n'a le temps ni de réagir ni de riposter. Il s'écroule sur le sol, mort.

Les deux gardes du corps qui l'accompagnaient se ruent sur Clovis, en brandissant leur lance. Mais la cuirasse du roi des Francs est solide. Il talonne à nouveau son cheval qui bondit au-dessus du corps d'Alaric et emporte son cavalier vers les siens.

Le soir descend sur la plaine de Vouillé.

La bataille est terminée, et Clovis en est le grand vainqueur. Désormais, il sera difficile d'arrêter le roi des Francs.

7

UNE CAPITALE POUR UN GRAND ROYAUME

Printemps 508.

La ville de Tours est en fête. Elle attend Clovis qui revient du sud de la Gaule. Il en a chassé les Wisigoths et il a pris le contrôle de ce territoire jusqu'aux Pyrénées au sud, et jusqu'à la frontière avec le royaume des Burgondes à l'est. Le voilà maître des trois quarts de la Gaule !

Les rues de Tours sont somptueusement décorées. Clovis sort de la basilique Saint-Martin où il a reçu les signes de son autorité. Il porte à présent une tunique pourpre et un long manteau taillé dans une étoffe précieuse et retenu à l'épaule par une broche tout aussi précieuse. Quant à la couronne qui brille sur ses cheveux, c'est lui-même qui l'a posée sur sa tête.

Vêtu ainsi, il ressemble aux empereurs romains d'autrefois.

Il s'avance alors à cheval sous les acclamations de la foule. Tout le long du trajet qui le conduit depuis la basilique jusqu'à la cathédrale, Clovis jette des poignées de pièces d'or et d'argent à la foule qui se précipite pour les ramasser. Le portail de la cathédrale est largement ouvert. L'évêque Licinius vient l'accueillir. Plus personne, jamais, ne traitera Clovis de «petit roi».

Quelques jours plus tard, Clovis annonce à son entourage :

– J'ai pris une décision. Me voici à présent à la tête d'un grand royaume. Qui dit royaume dit capitale…

– Une capitale plus centrale que Tournai ou Soissons, glisse l'un de ses conseillers.

– Exactement, reprend Clovis. Il faut une capitale que tous reconnaîtront. J'ai décidé que ce serait…

Tout le monde retient son souffle en attendant le choix du roi. Celui-ci termine sa phrase :

– J'ai décidé que ce serait Paris.

Paris.

C'est un bon choix. La ville est située sur un fleuve. Elle bénéficie d'une île facile à fortifier, et aussi de grands espaces sur les berges du fleuve qu'il est aisé d'aménager en différents quartiers. Elle est dotée d'un camp militaire et d'entrepôts en nombre suffisant. Elle a déjà une longue histoire derrière elle et est reconnue comme une cité importante. Et puis, c'est la ville de Geneviève, qui est honorée comme une sainte dans tout le pays et au-delà. Car c'est à Paris qu'elle a vécu, et c'est là qu'elle repose.

Le nom de la cité passe de lèvres en lèvres : Paris, Paris, Paris…

Il court d'un hameau à l'autre tandis que le roi Clovis et sa suite remontent vers le nord.

Il sonne dans la brise comme un cri de victoire.

Même l'eau des ruisseaux le murmure : Paris, Paris, Paris…

Installé à Paris, Clovis entreprend de grands travaux. Il fait notamment bâtir une basilique sur le tombeau de Geneviève.

Il travaille aussi avec acharnement. Son royaume est vaste, et les populations qui le composent très différentes les unes des autres.

Alors il réfléchit, il étudie, il dicte des lois qui sont mises par écrit. Le «petit roi» d'autrefois est devenu un grand roi. Un roi qui a un but : unifier ces peuples pour n'en faire qu'un seul, un peuple chrétien qui obéit à un souverain et à une loi commune.

POUR EN SAVOIR PLUS SUR L'HISTOIRE DE CLOVIS

On connaît l'histoire de Clovis d'abord par les textes. Certains de ces textes ont été écrits par des personnes ayant vécu à la même époque que Clovis, comme Remi, l'évêque de Reims. D'autres ont été écrits par des personnes ayant vécu plus tard, comme Grégoire de Tours qui a rédigé une *Histoire des Francs*. On connaît aussi cette histoire grâce aux travaux des archéologues et des historiens qui nous renseignent sur l'histoire et le mode de vie des Francs.

Qui est Clovis ?

Un roi franc.
Clovis est né vers 465. Il devient roi d'une partie des Francs, les Francs Saliens, vers 481, à la mort de son père Childéric. Il se convertit au christianisme et fait de Paris sa capitale. Il meurt en 511. Clovis est un rassembleur d'hommes. Il constitue pour la première fois en Gaule un royaume libre et uni qui deviendra la France.

Pourquoi dire que Clovis est né « vers » 465 ?

Parce que nous n'en sommes pas sûrs. Les textes qui sont arrivés jusqu'à nous ne sont pas toujours précis sur les dates des événements, comme la naissance de Clovis ou son baptême.

Qui sont les Francs ?

Un peuple germanique.
Les Francs sont constitués de nombreuses tribus. On distingue parmi eux deux grands groupes, les Francs Rhénans et les Francs Saliens. À la fin du IIIe siècle, une partie des Francs Saliens s'installent au nord de la Gaule et se mélangent aux Gallo-Romains. Ils deviennent alors fidèles à l'Empire romain.

Qui commande chez les Francs ?

Les guerriers.
Chez les Francs, les chefs militaires gouvernent, rendent la justice et perçoivent les impôts. Mais la plus grande partie des Francs sont paysans ou artisans. Les artisans savent fabriquer toutes sortes de choses : des objets agricoles, des armes, des objets de la vie quotidienne…

Qui est Clotilde ?

Une princesse burgonde.
Clotilde est née vers 475. Contrairement aux autres membres de sa famille, elle est chrétienne, et elle poussera Clovis à se convertir. Clotilde meurt à Tours vers 545, longtemps après Clovis.

Qui est Geneviève ?

Une sainte de l'Église catholique et la patronne de la ville de Paris.
Geneviève est née en 423. Elle se voue très jeune à Dieu. Lorsque Paris est assiégée par les Huns en 451, elle réussit à convaincre ses habitants de ne pas abandonner leur cité.
Elle résiste aussi à Childéric qui entreprend le siège de Paris en 465.

Que s'est-il passé à la mort de Clovis ?

Son royaume a été partagé.
À la mort de Clovis, son royaume est partagé entre ses quatre fils qui achèvent la conquête de la Gaule. Clovis et ses descendants forment la dynastie des Mérovingiens, du nom de Mérovée, le grand-père de Clovis. Les Mérovingiens régneront en Gaule jusqu'en 751.

Quel héritage les Francs nous ont-ils laissé ?

D'abord des mots.
Les Francs nous ont laissé le nom de notre pays et celui de la langue que nous parlons. Même si la langue française vient principalement du latin, le francique l'a influencée. Des mots comme *blé*, *bois*, *fauteuil* et beaucoup d'autres viennent du francique.

Comment appelle-t-on l'ensemble des lois laissées par Clovis ?

La loi salique.
La loi salique s'appuie sur les habitudes anciennes des Francs Saliens, mais tient aussi compte des usages chrétiens. Elle élabore des règles pour vivre en société en protégeant tout le monde : les esclaves, les enfants, les pauvres, les femmes, les hommes libres… Elle protège également les biens des uns et des autres et règle aussi les questions relatives aux héritages.

Table des matières

Hélène Montardre

Hélène Montardre est écrivain. Elle a écrit de nombreux livres : romans, contes, récits, albums et documentaires.

Aux éditions Nathan, elle a déjà publié *Le fantôme à la main rouge*, *Persée et le regard de pierre*, *Zeus à la conquête de l'Olympe*, *Ulysse l'aventurier des mers*, *Alexandre le Grand – Jusqu'au bout du monde*, les romans de la collection « Petites histoires de la mythologie », les romans de la collection « Petites histoires de l'histoire » et les romans de la collection « Les Apprentis chercheurs ».

petites histoires de l'HISTOIRE

DÉJÀ PARUS

Vercingétorix contre Jules César
La prise de la Bastille
Catastrophe à Pompéi
Le voyage de Christophe Colomb
Versailles, le défi du Roi-Soleil
Le destin de Napoléon Bonaparte
L'exploit de Gustave Eiffel
Clovis, roi des Francs
De Gaulle, le résistant